獻給我媽，她教養我成為一隻有禮貌的貓熊。
（即使我是一隻野蠻的猴子！）
—— 妮可拉·愛德華 ——

獻給我的祖父母。
—— 佛羅妮雅·帕克-湯瑪斯 ——

精選圖畫書
森林裡的禮貌運動
文／妮可拉·愛德華 Nicola Edwards
圖／佛羅妮雅·帕克-湯瑪斯 Feronia Parker-Thomas
譯／鄭如瑤

總編輯：鄭如瑤｜主編：詹嬿馨｜美術編輯：翁秋燕｜印務經理：黃禮賢

社長：郭重興｜發行人兼出版總監：曾大福｜出版與發行：小熊出版·遠足文化事業股份有限公司
地址：231新北市新店區民權路108-2號9樓｜電話：02-22181417｜傳真：02-86671851｜劃撥帳號：19504465
戶名：遠足文化事業股份有限公司｜客服專線：0800-221029
E-mail：littlebear@bookrep.com.tw｜Facebook：小熊出版｜讀書共和國出版集團網路書店：http://www.bookrep.com.tw

印製：凱林彩印股份有限公司｜法律顧問：華洋法律事務所／蘇文生律師
初版一刷：2019年1月｜初版三刷：2019年10月｜定價：300元｜ISBN：978-957-8640-68-9

小熊出版讀者回函　　小熊出版官方網頁

森林裡的
禮貌運動

文／妮可拉·愛德華 Nicola Edwards
圖／佛羅妮雅·帕克-湯瑪斯 Feronia Parker-Thomas
譯／鄭如瑤

快看看這個地方！

亂糟糟、鬧哄哄、氣沖沖……

真是令人受不了！

現在，大家都停止動作，

張開耳朵仔細聽好。

如果想要心平氣和，
我們需要借用「工具」——禮貌，
來讓生活過得更好。
這不是無稽之談喔！

大家一定也這麼認為，
自私、貪心的傢伙不受歡迎。

停止你爭我奪吧！
有禮貌的貓熊懂得說：「請。」

誰想送禮給無禮的老虎？
當別人對你好，
愉快的微笑說：「謝謝。」
也許好事會接二連三呢！

從旁經過時，
沒必要粗魯的重踩衝撞。

建議你試一試這個妙招，
輕拍對方，並輕聲說：「抱歉，借過。」

有時候，
不小心會把事情弄得一團糟，
就像一隻糊塗的蛇。

但_{ㄉㄢˋ}做_{ㄗㄨㄛˋ}錯_{ㄘㄨㄛˋ}事_{ㄕˋ}時_{ㄕˊ}，
不_{ㄅㄨˋ}要_{ㄧㄠˋ}慌_{ㄏㄨㄤ}張_{ㄓㄤ}，　不_{ㄅㄨˋ}要_{ㄧㄠˋ}溜_{ㄌㄧㄡ}走_{ㄗㄡˇ}，
要_{ㄧㄠˋ}有_{ㄧㄡˇ}擔_{ㄉㄢ}當_{ㄉㄤ}的_{ㄉㄜ˙}說_{ㄕㄨㄛ}：
「對_{ㄉㄨㄟˋ}不_{ㄅㄨˋ}起_{ㄑㄧˇ}。」

你ㄋㄧˇ我ㄨㄛˇ生ㄕㄥ活ㄏㄨㄛˊ在ㄗㄞˋ這ㄓㄜˋ裡ㄌㄧˇ，
一ㄧˋ起ㄑㄧˇ讓ㄖㄤˋ它ㄊㄚ成ㄔㄥˊ為ㄨㄟˊ友ㄧㄡˇ善ㄕㄢˋ的ㄉㄜ˙地ㄉㄧˋ方ㄈㄤ。

用不著擠來擠去，
我們都一樣，需要自己的空間。

不要像鸚鵡那樣聒噪，
想一想言多必失的道理。

嘎嘎

嘎嘎

這樣你就不會因為冒犯別人
而遇上麻煩啦！

亂丢垃圾，破壞環境，

實在不帥、不聰明、不好玩，
也不屬害。

我們應是愛護整潔的好夥伴，
不然，當一隻討人厭的豬有什麼好呢？

即使你是最野蠻的猴子，
吃得津津有味時， 閉上嘴巴，
別露出滿口的食物殘渣。

如果你想成為帥氣的貓，
千萬別做噁心的事。
像是對著朋友噴鼻涕、打噴嚏，
細菌會飛得到處都是。

言_{一ㄢˊ}語_{ㄩˇ}傷_{ㄕㄤ}人_{ㄖㄣˊ}真_{ㄓㄣ}無_{ㄨˊ}情_{ㄑㄧㄥˊ}，
所_{ㄙㄨㄛˇ}以_{ㄧˇ}留_{ㄌㄧㄡˊ}意_{ㄧˋ}說_{ㄕㄨㄛ}出_{ㄔㄨ}口_{ㄎㄡˇ}的_{ㄉㄜ˙}話_{ㄏㄨㄚˋ}。

大_{ㄉㄚˋ}聲_{ㄕㄥ}讚_{ㄗㄢˋ}美_{ㄇㄟˇ}你_{ㄋㄧˇ}覺_{ㄐㄩㄝˊ}得_{ㄉㄜ˙}美_{ㄇㄟˇ}好_{ㄏㄠˇ}的_{ㄉㄜ˙}事_{ㄕˋ}，
令_{ㄌㄧㄥˋ}人_{ㄖㄣˊ}難_{ㄋㄢˊ}受_{ㄕㄡˋ}的_{ㄉㄜ˙}話_{ㄏㄨㄚˋ}就_{ㄐㄧㄡˋ}閉_{ㄅㄧˋ}嘴_{ㄗㄨㄟˇ}。

大聲吼叫沒關係，
我們都值得盡情的玩一下！

然而在需要安靜的時候，
獅子也該學會輕聲細語。

什麼都占為己有的大灰熊，
沒有朋友的生活無聊透頂。

彼此抱怨，　互不相讓，
誰都不開心。
試著為別人著想，　樂於分享吧！

有禮貌的生活是不是過得更好呢？
和睦相處的日子是不是更幸福呢？
來看看這個地方！
笑呵呵、喜洋洋、樂融融……
真是令人愉快啊！